Les chiots magiques

Un anniversaire magique

L'auteur

La plupart des livres de Sue Bentley évoquent le monde des animaux et celui des fées. Elle vit à Northampton, en Angleterre, et adore lire, aller au cinéma, et observer grenouilles et tritons qui peuplent la mare de son jardin. Si elle n'avait pas été écrivain, elle aurait aimé être parachutiste ou chirurgienne, spécialiste du cerveau. Elle a rencontré et possédé de nombreux chiens qui ont à leur manière mis de la magie dans sa vie.

Dans la même collection :

Vous avez aimé

les chiots magiques

Écrivez-nous
pour nous faire partager votre enthousiasme:
Pocket Jeunesse, 12 avenue d'Italie, 75013 Paris

Sue Bentley

Un anniversaire magique

Traduit de l'anglais par Christine Bouchareine

Illustré par Angela Swan

POCKET JEUNESSE

Titre original:
Magic Puppy – Party Dreams

Publié pour la première fois en 2008
par Puffin Books, département de Penguin Books Ltd, Londres.

À Molly, une drôle de petite chienne terrier
(Westie) qui court partout.

Loi n° 49-956 du 16 juillet 1949 sur les publications
destinées à la jeunesse: mai 2010.

ISBN 978-2-266-18937-8

Mon petit Foudre chéri,

Tu as été si courageux depuis que tu as échappé aux griffes du cruel Ténèbre !

Ne t'inquiète pas pour moi, je me cache en attendant le jour où tu seras assez fort pour prendre la tête de notre meute. Tu dois continuer de fuir Ténèbre et ses espions. S'il découvrait cette lettre, il n'hésiterait pas à la détruire.

Cherche un ami sincère, quelqu'un qui t'aidera à accomplir la mission que je vais te confier. Écoute-moi attentivement, c'est très important : tu dois toujours

Sache que tu n'es pas seul. Aie confiance en tes amis, et tout ira bien.

Ta maman qui t'aime,

Perle d'Argent.

Prologue

Heureux de retrouver son pays natal, le jeune loup à la fourrure argentée courut vers la rivière et but à grands traits l'eau glacée.

Soudain, un hurlement terrifiant déchira le silence.

— Ténèbre! gémit Foudre.

Le féroce loup solitaire qui avait attaqué sa meute et blessé sa mère approchait.

Le louveteau disparut dans un éclair aveuglant. À sa place surgit un minuscule chiot, un dalmatien au museau rose, à la truffe noire et aux immenses yeux bleu saphir.

Son petit cœur battait la chamade et il tremblait de tous ses membres. Pourvu que son déguisement le protège ! Mais il valait mieux trouver une cachette, et vite !

Il aperçut des buissons couverts de neige. Il se précipita vers cet abri en dérapant sur la rive verglacée. Au moment où il s'apprêtait à s'engouffrer sous les branchages, il distingua un loup couché dans la pénombre.

Il poussa un cri. Il s'était jeté droit dans le piège de Ténèbre ! C'était trop tard pour fuir. Il était perdu !

Le loup leva le museau.

— Foudre ! Par ici ! Dépêche-toi !

— Mère ! s'écria-t-il, soulagé.

Il rampa sous les taillis et s'approcha en remuant sa queue minuscule. Perle d'Argent l'accueillit avec un grognement affectueux et le lécha.

— C'est bon de te revoir, mon fils ! Hélas, tu ne peux pas rester ici. Ténèbre veut commander notre clan. Et il sait bien que, tant que tu seras en vie, les loups de la Lune Griffue refuseront de le suivre. Tu cours un grand danger, tu dois partir !

Foudre se mit à gronder et ses yeux étincelèrent à la fois de colère et de peur.

— Ténèbre a tué mon père et mes trois frères. Jamais je ne le laisserai être le chef de notre meute. Je vais l'affronter tout de suite !

Perle d'Argent secoua la tête.

— Je suis persuadée que tu le vaincras un jour, Foudre, mais tu es encore trop jeune. Et moi, je suis encore trop affaiblie par la morsure empoisonnée de Ténèbre pour pouvoir t'aider. Garde ce déguisement et retourne te cacher dans l'autre monde. Tu reviendras quand tu seras plus fort.

Elle se tut brusquement, les yeux voilés par la souffrance.

Plein de chagrin, Foudre souffla un nuage de paillettes dorées sur la blessure de sa mère : elles tourbillonnèrent autour de sa patte et disparurent dans son épaisse fourrure.

— Merci, je me sens déjà mieux, murmura Perle d'Argent.

Soudain, une ombre masqua les buissons et de lourdes pattes martelèrent le sol glacé. Ténèbre les avait retrouvés !

— Sors de ta cachette, Foudre, qu'on en finisse ! rugit-il.

— Pars, Foudre ! Vite, sauve-toi ! supplia Perle d'Argent.

Avec un gémissement, le petit dalmatien rassembla ses pouvoirs. Des étincelles étincelèrent dans son pelage tacheté noir et blanc, qui se mit à briller, briller, briller...

1

Louane Clément monta à l'arrière de la voiture de son beau-père. Elle boudait. Ce n'était pas juste ! Gilles était passé la prendre alors qu'elle discutait avec ses deux meilleures amies de leurs fêtes d'anniversaire.

— Pourquoi ce n'est pas maman qui est venue me chercher comme c'était prévu ? explosa-t-elle. J'aurais pu rester une heure de plus avec Anaïs et Léa. Elle sait bien qu'on a des tas de choses à organiser !

— Je suis désolé, ma chérie. Je ne voulais pas le dire devant tes amies, ta maman vient d'être hospitalisée, expliqua Gilles en démarrant. Enfin je te rassure, elle et le bébé vont bien. Mais elle va devoir rester à la clinique jusqu'à la naissance.

— Pauvre maman! compatit Louane, soulagée d'apprendre qu'elle n'avait rien de grave. Elle qui déteste les hôpitaux! Heureusement que les vacances commencent demain. Je pourrai aller la voir tous les jours.

— Eh bien, peut-être pas tous les jours, répondit Gilles en la regardant dans le rétroviseur. Je suis de service de nuit pendant deux semaines. Et, avec ta maman, nous avons pensé qu'il valait mieux que tu ailles habiter chez ma mère en attendant.

Louane fronça le nez, l'air contrariée. La mère de Gilles vivait dans un village perdu au milieu de nulle part.

— Pourquoi je n'irais pas plutôt chez papy et mamie Clément?

— Parce que tes grands-parents sont partis en vacances. Je viendrai te chercher le plus souvent possible pour t'emmener voir ta maman. Au fait, évite d'appeler ma mère mamie ou mémé, elle est très susceptible sur son âge.

— Alors comment je dois l'appeler?

— Elle se nomme Brigitte, mais elle préfère qu'on l'appelle Bribri!

Louane pouffa. Bribri! Quel drôle de nom pour une belle-grand-mère!

— De toute façon, je n'ai pas besoin de baby-sitter! protesta-t-elle. Je peux très bien rester toute seule dans notre appartement. Je ne suis plus un bébé. J'aurai dix ans dans quinze jours.

Gilles sourit.

— Je sais. Tu es une jeune fille très raisonnable. Mais ça m'ennuierait de te savoir toute seule jour et nuit. Et ta maman sera beaucoup plus tranquille si quelqu'un veille sur toi. Tu ne voudrais pas qu'elle s'inquiète dans un moment pareil, n'est-ce pas?

Louane s'avoua vaincue. Que pouvait-elle répondre?

— Et mes affaires? Il me faut des jeans, des baskets, des…

— Je t'ai préparé une valise, la coupa Gilles S'il te manque quelque chose, je te l'apporterai la prochaine fois. D'accord?

Louane hocha la tête, au bord des larmes. Non, elle n'était pas d'accord du tout! Rien n'allait comme elle voulait. Ce bébé réussissait à lui gâcher la vie avant même de venir au monde ! Par sa faute, elle pouvait dire adieu à sa soirée d'anniversaire.

Le cœur serré, elle imagina Anaïs et Léa en train de parler de leurs projets et de la tenue qu'elles allaient porter.

À la sortie de la ville, Gilles prit une petite route de campagne. Au bout d'un temps qui parut interminable à Louane, il s'engagea sur un chemin sinueux et s'arrêta devant une grande maison en brique rouge. Le perron était éclairé et, dès que Louane monta l'escalier, la porte s'ouvrit.

Une dame aux cheveux noirs, vêtue d'une tunique ample en velours et d'un jean, sortit dans un nuage de parfum.

— Bonsoir. Tu dois être Louane. Entre, ma chérie, je suis ravie de faire ta connaissance.

Louane esquissa un faible sourire, désolée de ne pas pouvoir en dire autant.

— Merci de me recevoir chez vous, madame Dufour, murmura-t-elle poliment.

— Oh, appelle-moi Bribri, comme tout le monde, répondit celle-ci.

Louane, les yeux écarquillés, avança dans le vestibule au carrelage coloré et aux fenêtres en vitraux. Des lampes vieillottes éclairaient à peine le papier peint surchargé et de grands tableaux sombres. La maison semblait sortie d'un film d'horreur. Louane n'aurait pas été étonnée de voir des chauves-souris géantes suspendues au plafond.

Gilles monta sa valise à l'étage puis il redescendit dans la cuisine où Brigitte remplissait la bouilloire.

— Bon, je dois repartir tout de suite. On m'attend au travail. Ça ira, Louane ?

La fillette hocha tristement la tête. Elle détestait cette maison et elle ne savait pas trop quoi penser de Brigitte, mais elle ne pouvait pas le dire.

— J'espère que tu te plairas avec moi dans ma vieille demeure, même si je devine que tu as hâte de te retrouver chez toi avec ton adorable petit frère, déclara Brigitte avec un gentil sourire.

«Alors là, vous vous trompez complètement!» faillit s'exclamer Louane. Elle jugea plus sage cependant de garder la remarque pour elle.

Après avoir promis de téléphoner le lendemain, Gilles les quitta. Brigitte prépara du chocolat chaud. Louane étouffa un bâillement.

— Tu as l'air épuisée. Ces émotions t'ont secouée. Viens, je vais te montrer ta chambre. Tu n'as qu'à emporter ta tasse.

Louane la suivit dans l'escalier en traînant les pieds. Comme les autres pièces de la maison, sa chambre était tapissée d'un affreux papier peint et décorée de peintures sinistres et de gros meubles sombres. La fillette écarquilla les yeux en voyant l'immense lit à baldaquin.

— Il est impressionnant, n'est-ce pas? s'écria Brigitte. Ce lit est dans ma famille depuis des générations. Je suis née dedans et Gilles aussi.

«Beurk! Je me serais bien passée de cette information!» pensa Louane.

— J'aimerais me coucher tout de suite, s'il vous plaît.

— Bien sûr, ma chérie. Tu as eu une longue journée. Dors bien et fais de beaux rêves. À demain matin !

Brigitte referma la porte derrière elle. Louane se lava les dents en vitesse dans un antique lavabo, avant de grimper dans le lit. Elle frissonna sous les draps. Les rayons de lune qui filtraient entre les rideaux donnaient des formes sinistres au vieux mobilier.

Son estomac se mit à gargouiller. Une bouffée de désespoir la submergea. Pourquoi avait-il fallu que sa mère parte à l'hôpital ? C'était encore la faute de ce maudit bébé !

Soudain, un éclair aveuglant illumina la chambre. Louane poussa un cri, oubliant ses malheurs. Stupéfaite, elle se frotta les yeux en voyant une petite silhouette qui scintillait au pied de son lit !

— Aaah ! Un fantôme ! gémit-elle avant de s'enfouir sous la couette.

2

Louane tremblait comme une feuille. Cependant aucun monstre ne sauta sur elle et la chambre était étrangement silencieuse. Peut-être avait-elle eu une hallucination. Après tout, elle tombait de fatigue et ne se sentait pas dans son état normal.

Elle sortit prudemment la tête de sous la couette.

— Oh !

Un adorable chiot blanc avec des taches noires

et des yeux d'un bleu incroyable était assis à un mètre d'elle!

Était-ce un chien fantôme? En tout cas, il ne brillait plus. Il la regardait en clignant des yeux et en remuant la queue. Louane sourit malgré elle tandis que les battements de son cœur se calmaient peu à peu. Elle s'assit.

— Bonjour! Que tu es joli! Je ne savais pas que Brigitte avait un petit dalmatien.

Elle claqua des doigts et, à sa grande joie, le chiot s'approcha d'elle et grimpa sur ses jambes.

— Je suis désolé de t'avoir fait peur, aboya-t-il.

Louane retira brusquement sa main. C'était peut-être bien un chiot fantôme, finalement!

— Tu... tu parles? Co... co... comment est-ce po... possible?

— Dans mon pays, tous les membres de mon clan parlent, répondit le chiot qui, malgré sa taille minuscule, n'avait pas l'air effrayé le moins du monde. Je m'appelle Foudre et j'appartiens à la meute de la Lune Griffue. Et toi, qui es-tu?

Louane n'en croyait toujours pas ses yeux ni ses oreilles, mais la curiosité l'emporta. Méfiante, elle l'observa s'allonger sur le lit et pencher la tête comme s'il attendait une réponse.

— Je m'appelle Louane. Louane Clément. J'habite dans cette maison sinistre parce que ma mère doit rester à l'hôpital jusqu'à la naissance de mon petit frère. À cause de son travail, mon beau-père ne peut pas s'occuper de moi.

— Je suis très honoré de te connaître, Louane, jappa-t-il en inclinant la tête.

Louane n'osait pas bouger de crainte de le faire fuir. Elle s'aperçut alors qu'il tremblait.

— Tu es malade ? s'inquiéta-t-elle.

— Il faut que je me cache. Acceptes-tu de m'aider ?

Elle fronça les sourcils.

— Mais de quoi as-tu peur ?

Les yeux bleu saphir étincelèrent de colère et de terreur.

— Je suis poursuivi par Ténèbre, un loup cruel. Il a tué mon père et mes frères. Il a aussi blessé ma mère. Il veut diriger le clan de la Lune Griffue, mais c'est moi que les autres ont choisi comme chef.

— Comment pourrais-tu commander une meute de loups, tu n'es qu'un ch…

— Attends !

Foudre se leva d'un bond et sauta sur le tapis. Un éclair aveuglant illumina la chambre. Quand Louane rouvrit les yeux, l'adorable dalmatien avait disparu : à sa place se tenait un jeune loup magnifique au pelage argenté.

Elle remonta la couette sur son nez en voyant ses crocs acérés et ses pattes musclées. Il s'ébroua. Des étincelles dorées dansèrent dans sa fourrure.

— C'est toi, Foudre ? murmura-t-elle.

— Oui, rassure-toi, je ne te ferai pas de mal, susurra-t-il d'une voix de velours.

Sur ces mots, un nouvel éclair illumina la chambre et Foudre reprit son apparence de chiot dalmatien sans défense.

— Waouh! Tu es vraiment un loup! On ne le devinerait jamais! s'exclama Louane, impressionnée.

— Hélas, Ténèbre me démasquera sans difficulté s'il me retrouve. Il faut que je me cache, gémit-il en se remettant à trembler.

Louane sentit son cœur fondre. Avec sa fourrure soyeuse, sa petite tête expressive et ses immenses yeux bleus, c'était le plus joli chiot qu'elle eût jamais vu.

— Et si tu dormais avec moi cette nuit? Ce lit est si grand qu'on pourrait y cacher la moitié de ma classe. On trouvera une solution demain matin.

Avec un jappement joyeux, Foudre s'élança sur la couette, semant une traînée d'étincelles dans son sillage, telle une comète.

Louane lui fit un nid douillet avec le second oreiller. Il tourna plusieurs fois sur lui-même avant de se coucher dessus, roulé en boule. Puis il posa son museau entre ses pattes et poussa un soupir de satisfaction.

— Ah, merci, Louane. Je me sens enfin en sécurité !

— Je trouve qu'il fait bien sombre, quand même, dit-elle d'une petite voix.

Il releva la tête. Quelques paillettes dorées scintillèrent dans sa fourrure et une douce clarté baigna la chambre.

— C'est mieux comme ça?

— Oh, oui, beaucoup mieux! Merci, Foudre!

Louane se blottit sous les draps, rassurée. Elle se sentait moins perdue dans le lit à baldaquin.

En fin de compte, son séjour chez Bribri promettait d'être dix fois plus agréable à présent qu'elle avait Foudre avec elle. Les deux nouveaux amis s'endormirent rapidement.

3

— Debout, ma chérie ! lança Bribri en entrant dans la chambre le lendemain matin. Mon Dieu ! Mais d'où sort ce chien ? Gilles ne m'a pas dit que tu avais un animal !

Brutalement tirée de son sommeil, Louane s'assit dans le lit en se frottant les yeux. Oh, non ! Elle ne s'était pas réveillée !

Foudre ouvrit un œil à son tour. Il s'étira et bâilla en découvrant sa jolie langue rose et ses petits crocs pointus.

Vêtue d'un kimono noir orné de gros coque-
licots, Brigitte était au milieu de la pièce, les
mains sur les hanches.

— J'attends tes explications, jeune fille, décla-
ra-t-elle d'un ton sévère.

— Vous n'allez pas le croire, Bribri... Foudre
a atterri ici alors qu'il essayait d'échapper à un
horrible ennemi. Et en plus, il...

Foudre lui tapota brusquement la joue du bout
de sa petite patte.

— Ouaf! Ouaf! jappa-t-il en lui jetant un
regard suppliant.

Louane comprit qu'il ne voulait pas qu'elle
raconte son histoire. Elle le rassura aussitôt d'une
caresse.

— Qu'est-ce qui lui arrive? Pourquoi aboie-
t-il? demanda Brigitte.

Louane se creusa la tête pour inventer une
explication.

— Euh… à mon avis, il a été réveillé en plein rêve… Et je suis désolée, je me suis laissé emporter par mon imagination. En fait… euh… je garde Foudre pour rendre service à une amie. Mais je n'en ai pas parlé à maman ni à Gilles. Je pensais le cacher dans ma chambre. Je ne pouvais pas deviner que maman partirait à l'hôpital. Et quand Gilles est venu me chercher chez mes amies, je l'ai fourré dans mon sac. J'avais l'intention de lui acheter à manger avec mon argent de poche…

— Et pourquoi ton amie ne peut-elle pas s'en occuper? continua Brigitte d'un ton soupçonneux.

— Oh! C'est... c'est provisoire! Elle est partie en vacances et les animaux sont interdits dans son hôtel. Et comme il n'y avait plus de place non plus dans les pensions pour chiens, je lui ai proposé de le prendre.

Brigitte ne dit rien. Elle se pencha pour caresser Foudre. Le chiot leva vers elle ses immenses yeux bleus et poussa un petit gémissement. Puis il remua la queue et lui lécha la main.

Qu'il était attendrissant! Louane ne put s'empêcher de sourire.

— Il est vraiment trop mignon! s'écria Brigitte. Cela dit, je n'ai aucune envie qu'il creuse des trous dans mes plates-bandes pour y enterrer ses os.

— Oh, je suis sûre qu'il ne fera jamais une chose pareille. C'est un chien très bien élevé. Je vous en prie, Bribri, permettez-moi de le garder... et surtout ne dites rien à Gilles. Sinon je serai privée de sorties jusqu'à la fin de ma vie!

Bribri fronça les sourcils et, soudain, elle éclata de rire.

— On peut dire que tu ne manques pas de toupet! Mais j'aime les gens entreprenants. C'est entendu, il peut rester. Et je tiendrai ma langue.

— Oh, génial! Merci beaucoup! Vous ne vous apercevrez même pas de sa présence.

— J'y compte bien, acquiesça Brigitte, une lueur malicieuse dans les yeux.

Brigitte prépara un petit déjeuner copieux et donna à Foudre deux délicieuses saucisses coupées en petits morceaux.

— Il faudra vite aller lui acheter de la pâtée pour chiens. Je ne voudrais pas qu'il vomisse sur mes précieux tapis.

Après le repas, Louane emmena Foudre se promener dans le jardin. Elle le suivait et l'empêchait de piétiner les massifs de fleurs.

— Bribri me plaît bien, finalement, murmura-t-elle. Malgré son air sévère, elle est gentille.

— Moi aussi, je la trouve sympathique, aboya Foudre. En tout cas, merci de ne pas lui avoir révélé mon secret. Tu ne dois le dire à personne, tu sais. Promets-le-moi.

Louane hocha la tête, déçue. Elle se réjouissait tant à l'idée de le présenter à Anaïs et Léa. Elles l'auraient trouvé si craquant! Tant pis, sa sécurité passait avant tout.

— D'accord. Tu as ma parole.

Foudre plissa alors son petit museau rose, retroussa les babines et montra les dents. Louane l'observa avec inquiétude, même s'il ne grondait pas. Que lui arrivait-il?

— Oh, c'est ma façon d'exprimer ma joie! expliqua-t-il en voyant sa mine perplexe. Les dalmatiens sont une des rares races de chiens à savoir sourire.

Il dit cela avec un tel sérieux que Louane se retint de rire, par crainte de le vexer.

Des feuilles tournoyaient dans la brise et Foudre courut à leur poursuite. Louane, attendrie, le suivit des yeux. Elle avait vraiment de la chance d'avoir ce chiot magique rien que pour elle !

4

Gilles vint la chercher dans l'après-midi avant d'aller travailler.

— J'ai pensé que ça te ferait plaisir de voir ta maman, annonça-t-il. Et ta visite lui remontera le moral. Elle en a déjà assez de rester couchée.

Louane sourit. C'était à prévoir.

— Et ici, comment ça va, avec Bribri ? poursuivit-il, un peu anxieux.

— Nous nous entendons très bien. Je suis contente de passer quelques jours chez elle.

— Ah, je suis fier de toi, Louane. Ta maman sera soulagée de l'apprendre. Je parie que Bribri apprécie ta compagnie, elle aussi.

Il lui ébouriffa les cheveux, puis il alla bavarder avec sa mère pendant que Louane montait se préparer.

Foudre dormait sur son lit. Il entrouvrit un œil et remua la queue quand elle le caressa doucement.

— Je dois aller en ville. Ça ne t'ennuie pas de m'attendre ici ?

Il se leva d'un bond, soudain bien réveillé.

— Je viens avec toi!

Elle secoua la tête en riant.

— J'aimerais beaucoup, mais Gilles va te voir. En plus, les chiens sont interdits dans les hôpitaux.

— Grâce à mes pouvoirs magiques, je peux faire en sorte que tu sois la seule à me voir et à m'entendre.

— Tu sais te rendre invisible? Génial! Dans ce cas, il n'y a plus de problème. Mais il vaut mieux que je te mette dans mon sac. Ce sera plus sûr.

Elle ouvrit la fermeture Éclair et Foudre se coucha sur ses gants en laine. Puis Louane se brossa les cheveux, enfila un blouson, mit son sac en bandoulière et descendit rejoindre Gilles.

En chemin, elle lui proposa de s'arrêter pour acheter des magazines.

— Maman adore les journaux qui parlent de gens célèbres.

— Excellente idée. J'en profiterai pour lui prendre des fleurs.

Une fois à l'hôpital, Gilles la conduisit à travers un labyrinthe de couloirs jusqu'à la maternité. Il la fit entrer dans une grande chambre avec plusieurs lits.

Louane repéra tout de suite sa maman dans le deuxième lit sur sa droite. Celle-ci les accueillit avec un sourire radieux, toute jolie dans sa chemise de nuit bleu ciel et sa robe de chambre assortie.

Louane courut l'embrasser, ravie de lui voir si bonne mine.

— Oh, des fleurs et des revues! Que c'est gentil! Vous me gâtez, tous les deux!

Louane s'assit sur le fauteuil près du lit.

— Comment te sens-tu?

— Un peu fatiguée. À part ça, je me demande ce que je fais ici. Vivement que ce petit bonhomme se décide à faire son apparition! ajouta-t-elle en croisant les mains sur son ventre rond.

Louane, sans répondre, posa son sac à ses pieds. Foudre sauta par terre et se mit à explorer les lieux, le museau au ras du sol, intrigué par toutes ces nouvelles odeurs. Elle savait que personne d'autre qu'elle ne pouvait le voir, pourtant elle redoutait à chaque instant d'entendre une infirmière pousser un cri. Peu à peu, elle se détendit. Foudre lui causait moins de soucis que ne lui en causerait son petit frère!

— Je vais chercher un vase, annonça Gilles. Je vous laisse bavarder entre filles.

— Quel tact! murmura sa mère tandis qu'il s'éloignait. J'espère que ce n'est pas trop pénible pour toi de vivre dans cette maison bizarre avec Brigitte. Sais-tu qu'elle était actrice? Elle se prend encore pour une star. Elle n'est pas trop

41

sévère avec toi, j'espère? Dis-le-moi franchement. Je lui en toucherai un mot.

Louane sourit devant l'expression décidée de
sa mère.

— Non, Bribri est adorable avec moi, et
Fou...

Elle se mordit la langue.

— … mais… mais j'ai l'impression d'être dans un magasin d'antiquités, se reprit-elle. Si tu voyais mon lit, il est monstrueux. Notre cuisine tiendrait dedans!

— Ta chambre te paraîtra bien minuscule quand tu reviendras à la maison.

— Je préfère. C'est quand même plus douillet. Cesse de t'inquiéter, je ne suis pas trop malheureuse là-bas.

— Eh bien, je suis contente. Je vois que tu prends les choses du bon côté. Ne le répète pas à Gilles, mais j'avais peur que tu te sentes un peu abandonnée chez Bribri, surtout qu'elle habite un trou perdu et qu'elle n'a pas de voiture.

— Oh, je t'assure, ça se passe très bien!

«Grâce à Foudre», ajouta-t-elle intérieurement, et elle sourit en l'apercevant en train de se faufiler sous un lit.

Sa mère lui prit tendrement la main.

— Je suis désolée, ma chérie, que nous ne

puissions pas fêter ton anniversaire. Me voilà coincée à l'hôpital. Gilles, en plus, a des horaires impossibles !

— Ce n'est pas grave, on se rattrapera l'année prochaine, murmura Louane en s'efforçant de ravaler sa déception.

Sa mère lui pressa les doigts.

— Je reconnais bien là ma grande fille rai-sonnable. Je savais que tu comprendrais. Je te promets de te consacrer plein de temps quand je rentrerai à la maison.

Louane hocha la tête, bien qu'elle en doutât. La dame dans le lit à côté avait déjà accouché. Et son bébé pleurait toutes les cinq minutes pour un oui, pour un non. À croire qu'il ne dormait jamais !

La gorge nouée, Louane regretta l'époque où elle avait sa maman rien que pour elle, avant que celle-ci rencontre Gilles et qu'elle attende un bébé. Louane était loin de se sentir prête à jouer les grandes sœurs !

Gilles revint avec les fleurs dans un vase et les posa sur la table de chevet.

— Alors, vous avez bien bavardé, toutes les deux ?

Louane réussit à sourire. Puis elle se plongea dans un magazine pendant que sa mère et Gilles parlaient. Foudre se coucha à ses pieds et posa sa tête sur une de ses baskets.

— Ça ne va pas?

Louane vérifia que personne ne l'entendait avant de chuchoter.

— Juste un peu triste.

— Je peux faire quelque chose?

— Non, personne n'y peut rien.

Mais en plongeant son regard dans ses grands yeux bleus, elle se sentit déjà réconfortée. Lui, au moins, ne s'intéressait qu'à elle.

Au retour, Gilles la déposa devant la maison de sa mère et repartit aussitôt à son travail. Brigitte avait laissé un mot dans la cuisine. Elle était avec son club de lecture, chez une amie, un peu plus bas dans la rue, et ne rentrerait pas tard. Elle avait aussi inscrit un numéro de téléphone, au cas où.

Louane se servit du jus d'orange et emplit une écuelle de pâtée. Foudre la dévora puis il s'assit en se léchant les babines.

Voyant que Louane regardait fixement son verre, il s'approcha, les yeux voilés d'inquiétude.

— À quoi penses-tu?

Elle poussa un gros soupir.

— À mon anniversaire. Dire que je ne le fêterai pas cette année! C'est injuste! Et je ne sais pas comment faire avec Anaïs et Léa. Bien sûr, elles comprendront que ma fête soit annulée, avec maman à l'hôpital. Mais ça me gêne d'aller à leurs anniversaires. Et si je leur téléphonais pour me décommander?

— Et comme ça tes amies seront déçues, elles aussi!

— Tu as raison. Ce ne serait pas très gentil de ma part. Bon, j'irai. Mais l'anniversaire d'Anaïs a lieu après-demain et je n'ai pas de cadeau pour elle. J'aurais dû aller lui en acheter un avec Gilles. Maintenant c'est trop tard. Et le bus pour la ville ne passe presque jamais par ici!

Les yeux bleus de Foudre étincelèrent.

— Je vais t'aider. Pose-moi par terre, s'il te plaît.

Louane obéit. Elle fronça les sourcils en sentant un étrange picotement lui parcourir le dos. La fourrure de Foudre se mit à briller, briller…

Il allait se passer quelque chose !

5

Stupéfaite, Louane vit les oreilles du chiot crépiter. Puis une lueur dorée les enveloppa et se transforma en un tunnel chatoyant qui traversa brusquement la fenêtre de la cuisine jusqu'à la ville.

L'entrée de ce drôle de tunnel se trouvait au milieu de la cuisine. Ses parois étaient constituées de millions d'étincelles qui tourbillonnaient.

Foudre sauta dans l'ouverture.

— Suis-moi, Louane !
— Attends-moi !

Elle s'engouffra derrière lui. Le sol s'enfonça sous ses pas et les murs ondulèrent en la propulsant en avant si vite qu'elle se retrouva bientôt éjectée à l'autre bout avec un gros POP ! Elle atterrit sur le trottoir à côté de Foudre.

Elle tituba quelques secondes comme si elle était sur un château gonflable.

— Oh, c'était fantastique! s'exclama-t-elle.

Ils se trouvaient dans une petite impasse tranquille, derrière de grosses poubelles. Elle repéra le centre commercial à l'angle de la rue.

— Et voilà, tu n'as plus qu'à aller acheter ton cadeau pour Anaïs! déclara Foudre, très fier de lui.

Elle se pencha pour le caresser.

— Merci, Foudre.

Elle ne devait pas perdre une minute si elle voulait être de retour à la maison avant Brigitte.

Une fois dans le magasin, Louane fila au rayon des jouets. Anaïs adorait le monde des fées et possédait toute une collection de personnages. Elle avait même une guirlande lumineuse avec des elfes autour du miroir de sa chambre. Louane aperçut une ravissante poupée habillée d'une robe bleu lavande avec des ailes et une baguette assorties.

— Tu ne la trouves pas jolie? chuchota-t-elle à Foudre. Tu crois que j'ai le temps d'acheter aussi une carte?

— Oui, mais dépêche-toi. Mon tunnel magique risque de ne pas durer très longtemps.

Elle se précipita vers le rayon papeterie et poussa un soupir de découragement.

— Il y en a des tonnes! Quelle carte choisir?

Foudre agita sa patte et une nuée de paillettes en jaillit. Sur un présentoir, une carte en forme de fée se mit à briller comme une étoile. Louane l'ouvrit. Une petite musique joua «Joyeux anniversaire».

— Anaïs va l'adorer!

Elle fonça à la caisse, puis tous deux regagnèrent le tunnel en courant.

Le tube doré commençait à disparaître! Sans

hésiter, les deux amis plongèrent à l'intérieur. Louane poussa un cri en sentant les parois et le sol mouvant la propulser en avant beaucoup plus vite qu'à l'aller. Avec un BEURP! sonore, Foudre et elle atterrirent sur le derrière au milieu de la cuisine.

Le tube se désintégra en lançant des milliers d'étincelles avant de disparaître dans un gros POP!

Louane se releva d'un bond.

— J'ai a-do-ré! Non seulement ce moyen de transport était génial, mais en plus, j'ai trouvé le cadeau idéal pour Anaïs. Merci, Foudre.

Le petit dalmatien lui sourit de toutes ses dents.

— Tout le plaisir était pour moi.

Louane avait à peine repris son souffle quand la porte s'ouvrit.

— Bonsoir, ma chérie, s'écria Brigitte. Parler de tous ces livres m'a ouvert l'appétit. Vite, à table! Alors, vous vous êtes bien amusés, tous les deux?

— Oh, oui! répondit Louane en lançant un clin d'œil à Foudre.

Brigitte n'imaginait pas à quel point!

Le vendredi, Brigitte insista pour lui appeler un taxi et Louane arriva donc à l'heure chez son amie. Foudre l'accompagnait, invisible. Cela lui éviterait d'avoir à donner des explications.

— Joyeux anniversaire ! chantonna-t-elle en tendant sa carte et son cadeau à Anaïs.

— Oh, elle est adorable ! s'extasia celle-ci en découvrant la petite fée. Mais comment étais-tu au courant ?

— Au courant de quoi ? s'étonna Louane.

Anaïs échangea un regard complice avec Léa.

— Viens voir ! s'écrièrent-elles à l'unisson avant de l'entraîner vers la cuisine.

Les yeux écarquillés de surprise, Louane aperçut une nappe rose saupoudrée de paillettes, un gros gâteau d'anniversaire représentant un château de conte de fées et des serpentins roses et violets sur les murs.

— J'ai choisi les fées comme thème de ma fête ! annonça Anaïs. Ça te plaît ?

— Waouh! C'est carrément... magique! répondit Louane.

Puis elles jouèrent à «Plante l'aile sur la fée». Tout le monde s'esclaffa quand le père d'Anaïs en colla une sur le nez de la fée. Il y eut ensuite une course au paquet ensorcelé, puis un concours de déguisements avec du papier crépon et des guirlandes argentées, que Léa remporta haut la main.

— Attends de voir mon anniversaire! dit celle-ci à Louane. Ce sera une vraie fête de grande. Les fées, c'est bon pour les bébés, tu ne trouves pas? ajouta-t-elle en rejetant ses longs cheveux en arrière.

— Pas du tout, et ça n'a pas l'air d'être l'avis d'Anaïs non plus. Tu ne t'amuses pas?

— Si, reconnut-elle.

— Alors de quoi tu te plains, idiote? plaisanta Louane en lui enfonçant l'index dans le ventre.

Léa rit de bon cœur et tourna sur elle-même comme une toupie.

— C'est génial qu'on ait nos trois anniversaires à la suite, non? Nous sommes les reines de la fête!

«Pas cette année», pensa Louane, soudain triste, mais elle ne dit rien de peur de gâcher le plaisir de ses amies.

Foudre s'était installé sur l'appui de la fenêtre pour éviter de se faire piétiner. Profitant de ce que personne ne la regardait, elle lui glissa des friandises.

Lorsque le taxi revint chercher Louane, la maman d'Anaïs lui tendit un sac en satin rose rempli de petits cadeaux. Louane la remercia, et ses deux amies l'accompagnèrent jusqu'à la voiture.

— À lundi, à mon anniversaire! lança Léa.

— C'est bizarre, je ne suis pas trop triste de rentrer chez Bribri, confia Louane à Foudre, une fois installée à l'arrière du taxi, le chiot sur ses genoux. Je crois que je commence à bien l'aimer. Mais c'est quand même injuste que je sois privée d'anniversaire. Surtout qu'on en parle depuis des siècles avec Anaïs et Léa.

Foudre l'approuva d'un petit jappement.

Brigitte les attendait à la porte, brûlant d'impatience.

— Raconte-moi vite ! Je veux tout connaître dans les moindres détails. Qu'est-ce que tes amies ont dit quand elles ont vu Foudre ? Elles savaient que tu t'occupais d'un petit chien ?

— Euh… oui, elles ont été sous le charme, mentit-elle avant de changer en hâte de sujet. La fête d'Anaïs était très réussie. Elle avait choisi les fées pour thème. C'était super joli !

Brigitte l'écouta décrire les jeux et toutes les bonnes choses qu'elle avait mangées.

— Eh bien, reprit-elle quand Louane eut terminé, je trouve dommage que tu ne puisses pas fêter ton anniversaire parce que ta maman est à l'hôpital. Que dirais-tu d'organiser un goûter ici pour Anaïs et Léa ?

— Vous parlez sérieusement ? s'exclama Louane, à la fois surprise et déçue qu'elle ne propose pas quelque chose de plus original qu'un simple goûter. Oh, merci beaucoup. Ce serait… fantastique !

— Alors c'est décidé ! conclut Brigitte, aux anges.

6

Lorsque Gilles revint la chercher pour l'emmener voir sa mère à l'hôpital, Louane lui demanda s'ils pourraient faire quelques courses au retour.

— Bien sûr, sauf que je n'ai pas beaucoup de temps, répondit-il. Tu sais exactement ce que tu veux?

Louane hocha la tête. Elle connaissait les goûts de Léa.

Elle lui acheta un CD de son groupe préféré,

un paquet de stylos gel de toutes les couleurs et une carte rigolote en forme de sac à main.

— On pourrait passer à la maison ? demanda-t-elle en ressortant du magasin. Je voudrais prendre deux ou trois vêtements. Je te promets de me dépêcher.

Gilles s'arrêta devant leur immeuble et l'attendit dans la voiture, sans couper le moteur, pendant qu'elle montait les marches quatre à quatre, suivie de Foudre.

Il s'allongea sur le tapis tandis qu'elle fouillait dans son placard.

— J'adore ta chambre, dit-il en admirant les jolis posters accrochés aux murs.

— Moi aussi. Elle est toute petite, mais c'est mon coin à moi, expliqua-t-elle en fourrant dans son sac un tee-shirt turquoise orné d'un papillon en strass et son jean neuf.

Elle était heureuse de revoir ses boules à neige, ses affiches et ses vieilles poupées Barbie ! Elle ne put résister à l'envie de serrer son ours en peluche tout râpé dans ses bras. Mais il fallait déjà repartir. Avec un énorme soupir, elle remit son sac en bandoulière et referma la porte à clé derrière elle.

— Je n'ai pas envie de retourner chez Bribri. J'ai hâte que maman revienne à la maison et qu'on se retrouve en famille, confia-t-elle à Foudre dans l'escalier.

«Sauf qu'il y aura une personne de plus dans

la famille, songea-t-elle tristement. Un bébé qui pleurera nuit et jour, qui sentira mauvais et qui aura constamment besoin qu'on s'occupe de lui. »

— Oh, que tu es jolie ! s'écria Brigitte le lundi midi quand Louane apparut dans son tee-shirt et son jean. Attends-moi une minute. J'ai quelque chose qui devrait bien aller avec ta tenue.

Pendant que Bribri disparaissait dans sa chambre, Louane se pencha vers Foudre.

— Oh, non! Combien tu paries qu'elle va me rapporter une de ses affreuses tuniques en velours? chuchota-t-elle en faisant la grimace.

— Ça ne te ferait pas plaisir? demanda-t-il, perplexe.

— Tu plaisantes! Je n'ai pas envie de sortir déguisée en rideau!

Mais Bribri revint avec une ravissante paire de boucles d'oreilles du même bleu que le papillon.

Louane s'empressa de les mettre.

— Oh, je les adore! Merci, Bribri. Elles sont magnifiques!

— Tu veux que je te coiffe? proposa Brigitte, ravie. Je dois avoir des rouleaux chauffants quelque part.

Craignant le pire, Louane cherchait une excuse pour refuser poliment lorsque Anaïs et sa mère klaxonnèrent.

— Amuse-toi bien, lui lança Brigitte alors

qu'elle descendait l'allée. Au fait... Tu n'emmènes pas Foudre?

Louane pila net. Le chiot marchait à ses pieds, invisible. Comme Brigitte ne pouvait pas le voir, elle croyait qu'elle l'avait oublié. Elle revint en courant vers elle.

— Je l'ai laissé dans ma chambre, il avait l'air un peu fatigué, mentit-elle en espérant qu'elle ne monterait pas vérifier.

— Qu'est-ce qu'elle voulait? demanda Anaïs tandis que Louane s'asseyait à côté d'elle à l'arrière de la voiture. C'est quoi, cette histoire de foudre?

— Euh... elle a peur qu'il y ait de l'orage. Bah, inutile de s'inquiéter pour si peu. Nous aurons déjà bien assez de soucis avec Hugo, le frère de Léa. Pff! Pourvu qu'il ne soit pas là! C'est vraiment le roi des enquiquineurs!

— C'est rien de le dire! soupira Anaïs, et les deux filles éclatèrent de rire.

Hélas, quand elles arrivèrent chez leur amie, ce fut lui que Louane vit en premier.

— Zut! Hugo est là! chuchota-t-elle à Foudre en lui montrant un garçon maigre et boutonneux. Méfie-toi de lui. Il ne pense qu'à faire des bêtises.

— Ce n'est pas bien! gronda Foudre en montrant les dents.

Anaïs et Louane entrèrent dans la vaste cuisine ensoleillée et offrirent leurs présents à Léa. La table disparaissait sous une montagne de cadeaux tous plus magnifiques les uns que les autres.

— C'est tout pour moi! annonça fièrement Léa. J'ai de la chance, vous ne trouvez pas?

— C'est parce que tu es notre grande fille adorée! déclara sa mère en la serrant dans ses bras.

Hugo fit semblant de vomir en mettant un doigt dans sa bouche. Pour une fois, Louane l'approuvait. Malheureusement, il gâcha cette bonne impression par des réflexions stupides quand sa sœur ouvrit ses paquets.

— Des feutres! C'est nul! C'est pas dix ans que t'as, c'est six, et encore…

Louane rougit. Foudre se frotta gentiment contre ses jambes pour la réconforter.

— Que tu es bête! gloussa Léa. Ce sont des stylos gel! Juste comme je voulais. Et ce CD est génial! Merci, Louane.

— Je suis contente que ça te plaise, répondit-elle avant de fusiller Hugo du regard.

Il lui tira la langue et sortit de la cuisine en traînant les pieds.

— Par ici, tout le monde! s'écria Léa, et elle entraîna ses invitées et ses parents vers le salon.

Les deux canapés avaient été poussés contre le mur et un revêtement brillant recouvrait la moquette pour faire une piste de danse. Une chaîne avec de gros haut-parleurs trônait près d'une rampe de spots de toutes les couleurs.

— Waouh ! s'exclama Louane, impressionnée. On se croirait dans une boîte de nuit !

— Je t'avais bien dit que je ferais une fête de grande ! rétorqua Léa, toute fière. Je vais mettre ton CD sur ma nouvelle chaîne, Louane, et on pourra danser notre chorégraphie dessus.

Au début, Louane se sentit intimidée. Puis, emportée par la musique, elle se détendit et réussit même à ne pas se tromper une seule fois.

Tout le monde applaudit. Foudre aboya. Louane fut la seule à l'entendre et lui adressa un clin d'œil discret.

Les filles continuèrent à danser entre elles et s'amusèrent comme des folles jusqu'au moment où Hugo vint les rejoindre. Il sautait dans tous les sens et n'arrêtait pas de les bousculer.

— Aïe ! cria Louane quand il lui écrasa les pieds. Qui est-ce qui se comporte comme un gamin de six ans maintenant ? demanda-t-elle furieuse.

— Attention ! Louane est folle de rage. J'ai trop peur ! se moqua-t-il, vexé.

— T'es vraiment nul ! répliqua Louane avant de lui tourner le dos.

Le père de Léa avait préparé des cocktails de fruits qu'il avait décorés de cubes de glace multicolores et de petites ombrelles en papier. Il les mit sur un plateau et passa parmi les invités en jouant les serveurs.

— Le repas est prêt, annonça-t-il un peu plus tard.

Foudre suivit Louane et ses amies dans le jardin où les attendait un gigantesque barbecue. Il plissa sa jolie truffe noire en reniflant les odeurs appétissantes.

— Ça sent bon! jappa-t-il.

— Connaissant les parents de Léa, je parie qu'il y aura des tonnes de délicieuses saucisses et de grillades. Tu vas te régaler!

Chacun prit place autour de la table installée sur l'herbe. Foudre s'assit sous le siège de Louane qui lui glissa en douce de petites bouchées, mais il avait déjà de quoi se délecter rien qu'avec ce que les convives faisaient tomber. Il était plus efficace qu'un aspirateur!

— C'est la fête la plus réussie du monde, vous ne trouvez pas? fanfaronna Léa. Et vous n'avez pas encore vu ma pièce montée! Elle est couverte de roses en sucre. Le socle est au chocolat, le deuxième étage au citron et le dernier à la fraise. Ça va être super extra bon!

Louane songea brusquement que son goûter chez Brigitte paraîtrait bien minable à ses amies comparé à cette somptueuse réception. Peut-être ferait-elle mieux de l'annuler pour ne pas les décevoir.

Elle secoua tristement la tête tandis que la mère de Léa allumait les bougies sur le magnifique gâteau et que tout le monde entonnait «Joyeux anniversaire». On lui donna une assiette avec une tranche de chaque parfum, mais elle n'avait plus faim.

Peu après, les autres parents vinrent rechercher leurs enfants.

— Maman ne devrait pas tarder, annonça Anaïs. Je vais prendre nos manteaux.

Louane partit prévenir Foudre. La dernière fois qu'elle l'avait vu, il gambadait au fond du jardin.

Elle eut beau explorer chaque recoin, elle ne l'aperçut nulle part. Soudain elle entendit un jappement terrifié. Il venait de la cabane dans l'arbre. Louane poussa un cri. Le petit dalmatien était juché en équilibre instable sur une haute branche!

7

Le cœur battant la chamade, elle se précipita vers l'arbre.

— Viens ici, chien stupide ! hurla une voix excédée.

Louane aperçut alors Hugo, penché à la fenêtre de la cabane, qui essayait d'attirer le chiot tremblant de peur.

Foudre avait dû oublier de rester invisible. Et il ne pouvait plus se servir de ses pouvoirs magiques pour se sortir de ce mauvais pas, puisque Hugo l'avait vu.

— Tiens bon, Foudre! cria-t-elle.

Soudain, les pattes arrière du chiot glissèrent. Foudre tenta en vain de s'agripper à une branche et bascula dans le vide en poussant un jappement déchirant.

Louane s'élança et le rattrapa de justesse Hélas, emportée par son élan, elle s'écrasa contre le tronc avec un gros «boum»! Elle tomba par terre, assommée.

— Oh, zut! s'exclama Hugo.

Il descendit de l'arbre en vitesse.

Louane sentit un picotement familier lui parcourir le dos tandis que la fourrure de Foudre se mettait à scintiller et que sa petite truffe noire brillait comme une pépite. Le chiot s'approcha d'elle et lui toucha doucement le menton du bout de son museau humide.

Elle éprouva d'abord des picotements, puis une impression de chaleur qui se propagea dans sa tête et descendit le long de son cou. En une seconde, Louane reprit ses esprits comme si elle venait de manger un bonbon à la menthe extraforte.

Elle s'assit avec Foudre toujours sur ses genoux.

Hugo arriva au moment où la dernière étincelle s'éteignait dans le pelage du chiot.

— Tu t'es relevée! s'écria-t-il d'une voix affolée. Oh! là là! J'ai bien cru que…

— Foudre et moi allons très bien. Et ce n'est pas grâce à toi ! explosa Louane. Faut être franchement idiot pour terroriser un petit chien comme ça. Qu'est-ce qui t'a pris de le monter dans l'arbre ?

— Je ne voulais pas lui faire du mal, protesta Hugo, rouge comme une tomate. Je voulais juste m'amuser un peu. Mais comment tu connais son nom ? ajouta-t-il en plissant les yeux d'un air soupçonneux. Il est à toi ? Tu ne l'avais pas en arrivant !

Louane réfléchit à toute allure.

— Je… je l'ai déjà croisé par ici. Il doit appartenir à un de tes voisins.

— Ah oui ? C'est la première fois que je le vois ! Viens. Faut aller le rendre. Je t'accompagne.

— Non ! Enfin, je veux dire que… que je n'ai pas besoin de toi !

L'air buté, Hugo fonça sur elle comme s'il

voulait lui arracher le chien des mains. Foudre retroussa ses babines en grondant. Il sauta par terre et fila derrière l'arbre.

Louane sentit de nouveau des picotements lui parcourir le dos. Un petit nuage d'étincelles s'éleva soudain d'un tas de compost un peu plus loin. Puis il y eut un violent coup de vent et Hugo disparut jusqu'au cou sous une avalanche d'herbe et de vieilles épluchures.

— Au secours ! cria-t-il en recrachant des bouts de feuilles.

Sans un regard pour le garçon, Louane courut vers le chiot.

— Tu as intérêt à rester invisible, maintenant, gloussa-t-elle. Tu y es allé un peu fort avec Hugo ! Enfin, il ne l'avait pas volé.

— J'espère que ça lui servira de leçon ! répondit Foudre, une lueur espiègle dans ses grands yeux bleus. Partons vite, ma magie va bientôt se dissiper.

— Je paierais cher pour l'entendre expliquer comment le tas de compost lui a sauté à la figure ! Décidément, les frères, c'est pas un cadeau !

— Oh, mais un bébé, c'est tout à fait différent ! protesta Foudre. Au contraire, il sera fragile, sans défense, et il faudra que tu veilles sur lui.

— Peut-être, murmura-t-elle, pas du tout convaincue.

Elle éprouva un élan de tendresse envers le petit chien. Elle savait qu'il ne souhaitait que son bien et elle ne voulait pas lui faire de peine en le contredisant. Mais ça ne lui plaisait pas du tout de devoir partager sa maman avec un affreux marmot.

Deux soirs plus tard, Louane et Brigitte regardaient un film d'horreur à la télévision, Foudre couché entre elles sur le canapé. C'était l'histoire d'un groupe d'enfants qui se retrouvaient piégés dans une maison hantée.

— Je ne suis pas sûre que ta maman te laisserait voir ce film, déclara soudain Brigitte en prenant la télécommande. On ferait peut-être mieux de changer de chaîne avant qu'il te donne des cauchemars.

— Oh, j'ai vu des trucs bien plus effrayants que ça, mentit Louane, très fière de veiller tard comme une grande.

Plus rien ne pouvait lui faire peur depuis qu'elle dormait avec Foudre. Elle se pencha pour

le caresser. À l'écran, une porte s'ouvrit en grin-
çant et révéla une chambre avec un énorme lit
à baldaquin et de vieux meubles encombrants.
Foudre dressa les oreilles, intrigué. Il donna un
coup de patte à Louane.

— Qu'est-ce que ta chambre fait dans cette
petite boîte?

Louane étouffa un rire. En effet, on se serait
cru chez Brigitte. D'ailleurs, dès qu'elle avait
vu sa maison, n'avait-elle pas pensé que celle-

ci ferait un décor idéal pour un film d'épouvante?

C'est alors qu'il lui vint une idée géniale pour son anniversaire.

À peine le générique terminé, Louane se leva d'un bond et alla dans la cuisine préparer une tisane pour Brigitte. Quand elle revint au salon, Foudre n'était plus sur le canapé. Il avait dû monter se coucher.

— Oh, comme c'est gentil! la remercia Brigitte quand elle posa devant elle le plateau avec la tisane et une assiette de petits gâteaux. Qu'est-ce qui me vaut ce traitement de faveur? Aurais-tu quelque chose à me demander, jeune fille?

Louane rougit.

— Eh bien… en fait, j'aimerais vous parler de mon anniversaire.

— Vas-y! Je t'écoute.

— Je… je me demandais si Anaïs et Léa ne pourraient pas dormir ici. Le lit est assez grand pour trois. Et au lieu d'un goûter, je voudrais organiser une sorte de festin de minuit. On pourrait lire des histoires de fantômes et jouer à se faire peur. Ce serait une soirée chair de poule, quoi! Qu'est-ce que vous en dites?

Brigitte hocha la tête d'un air approbateur.

— Tu es une sacrée petite futée, dis-moi! Ton idée est géniale! J'ai de vieilles décorations d'Halloween dans le grenier. Et comme éclairage, on plantera des bougies dans des pots de confiture. Je pourrai même me déguiser en servante maléfique, si tu veux. Et si je préparais des biscuits en forme de mains coupées et de squelettes?

— Oh, ce serait fantastique, Bribri! s'écria Louane, folle de joie. Je pourrai vous aider?

— Bien sûr. Je sens qu'on va bien s'amuser. Si tu es d'accord, on partira en ville par le premier bus, demain matin, pour faire les courses. J'avais justement l'intention de t'emmener choisir un cadeau. Et s'il reste du temps, nous passerons embrasser ta maman à l'hôpital. Tu votes pour?

— Oh, oui, Bribri, vous êtes la meilleure! s'exclama Louane en lui sautant au cou.

8

Louane monta dans sa chambre, pressée d'annoncer cette bonne nouvelle à Foudre. Mais la chambre était vide !

— Foudre ?

Pas de réponse.

Elle souleva les oreillers, l'édredon, puis regarda sous le lit et inspecta la penderie. Toujours rien. Enfin, elle l'aperçut tapi sous une vieille coiffeuse, blotti contre le mur.

— Tu joues à cache-cache ? gloussa-t-elle.

Son sourire s'évanouit quand elle vit qu'il tremblait comme une feuille.

— Qu'est-ce qui t'arrive ? Tu es malade ?

— Ténèbre m'a retrouvé ! Des chiens sont venus gronder en bas, devant la maison. C'est lui qui les a envoyés à ma poursuite.

Louane n'avait rien entendu de la cuisine. Elle s'approcha de la fenêtre et regarda par la fente entre les rideaux. La rue était déserte.

— Je ne vois pas de chiens. Mais s'ils reviennent, à quoi reconnaîtrai-je qu'ils ont été ensorcelés par Ténèbre ?

— Ils ont des yeux très très pâles et des crocs très très longs. Ténèbre a le pouvoir de changer en molosse le plus doux des toutous.

— Alors nous n'avons qu'à bien te cacher!

La fillette se faufila sous le meuble et caressa le chiot pour le rassurer. Au bout d'un moment, il rampa jusqu'à elle. Elle le prit dans ses bras et le ramena sur le lit.

— Là, tu es en sécurité, murmura-t-elle en rabattant la couette sur lui. J'espère que l'horrible Ténèbre cessera bientôt de te traquer, comme ça tu pourras rester pour toujours avec moi!

Foudre ressortit le bout de son museau, la mine brusquement très sérieuse.

— Ce n'est pas possible. Un jour viendra où je devrai regagner mon univers et le clan de la Lune Griffue. Tu comprends, Louane?

Louane hocha la tête avec tristesse. Cependant, elle ne voulait pas y penser pour l'instant. Elle l'aimait trop. Elle s'allongea sur le lit et le serra tendrement contre elle.

— Je viens de parler de mon anniversaire avec Brigitte. Nous avons eu une idée géniale…

Louane appela ses deux amies qui écoutaient des CD chez Léa. Elle sourit en entendant leurs cris de joie quand elle leur annonça la soirée qu'elle leur préparait.

— Une nuit d'épouvante, c'est super ! s'exclama Anaïs.

— Oui, cela sera presque aussi bien que ma fête, acquiesça Léa.

— Alors à samedi ! Et n'oubliez pas vos pyjamas !

Elle raccrocha et se tourna vers Foudre.

— Je vais en ville avec Bribri. Je t'aurais bien emmené, mais c'est peut-être dangereux… Si Ténèbre rôde dans les parages.

— Tu as raison. Il vaut mieux que je reste ici bien caché, déclara-t-il avec un frisson d'angoisse.

— À plus tard. Je te rapporterai quelque chose de bon, promit-elle.

Brigitte et Louane passèrent une excellente journée, mais la fillette ne cessait de s'inquiéter pour Foudre. Et si ses ennemis revenaient? Il devrait partir sans même lui dire au revoir. Son chagrin lui fit réaliser à quel point elle l'aimait. Elle décida de profiter désormais du moindre instant avec son ami magique.

Alors qu'elles revenaient vers l'arrêt du bus, les bras chargés de paquets, Brigitte s'arrêta devant une jolie boutique.

— Est-ce que ça te plairait d'avoir un vêtement pour ton anniversaire?

— Oui, répondit Louane, sans oser lui avouer qu'elle brûlait d'impatience de rentrer.

Elle se précipita vers le premier présentoir venu et saisit un tee-shirt noir et argent.

— Je peux prendre celui-ci?

Brigitte haussa les sourcils.

— Tu ne veux pas d'abord l'essayer?

— Non, c'est ma taille. Je l'adore. Exactement ce qu'il me faut pour ma soirée.

Brigitte régla l'achat et elles repartirent prendre leur bus.

Quand elles arrivèrent à la maison une demi-heure plus tard, Louane déposa les sacs dans la cuisine et monta en courant à l'étage. Dès qu'elle entra dans sa chambre, elle vit le bout de la queue de Foudre qui dépassait de son oreiller. Elle découvrit tout doucement le chiot et le serra dans ses bras.

— Me revoilà! Je suis si heureuse que tu sois encore là! Ma soirée serait loupée sans toi!

— Je ne voudrais la rater pour rien au monde, jappa-t-il.

Et il lui donna plein de petits coups de langue sur le menton.

— Joyeux anniversaire, ma chérie! lança gaiement sa mère.

Louane ouvrit ses paquets. Radieuse, elle aperçut des nouvelles baskets, un jeu de Chasse aux monstres et un chèque-cadeau pour télécharger de la musique.

— Waouh! Merci, vous m'avez super gâtée! s'écria-t-elle avant d'embrasser sa mère et Gilles.

Foudre était assis derrière son fauteuil. Aucun ennemi ne s'étant manifesté, Louane et lui avaient décidé qu'il pouvait l'accompagner à l'hôpital en toute tranquillité.

L'heure de la fin des visites arriva. Alors que Louane se penchait pour embrasser sa mère, elle la vit soudain pâlir.

— Qu'est-ce qui t'arrive ?

— Oh, c'est juste ton petit frère qui fait des cabrioles !

Louane se souvint alors de ce que Foudre lui avait dit. Son petit frère n'avait pas l'air si fragile que ça !

— Je te souhaite une merveilleuse soirée, ma chérie. Et n'oublie pas de me garder une part de gâteau.

— Je te l'apporterai demain, promit-elle. Au revoir, maman !

9

Louane et Brigitte achevaient les derniers préparatifs. Elles avaient dessiné des squelettes au sucre glace sur des bonshommes de pain d'épice, réalisé des mini-sandwichs à la confiture de fraise pour les vampires, avides de sang. Mais ce qu'elles préféraient toutes les deux, c'étaient les mains coupées.

— Elles ont l'air mortellement bonnes! s'exclama Louane qui remplissait des gants jetables de pop-corn avant de les fermer et de tremper le bout des doigts dans du sucre glace rose.

Brigitte éclata de rire.

— Quel humour !

Louane sourit en regardant Foudre qui les aidait à sa manière : il dévorait tous les pop-corn qui roulaient par terre.

Ses invitées n'allaient pas tarder. Louane monta se changer en vitesse.

Elle venait juste d'enfiler son nouveau tee-shirt noir et argent lorsque retentit la sonnette de l'entrée. Elle dévala l'escalier pour accueillir ses amies, Foudre sur ses talons.

— Oh, qu'il est mignon ! s'extasia Anaïs. Il est à toi ?

— Tu l'as eu pour ton anniversaire ? demanda Léa en le caressant. Tu ne m'avais pas dit que tu allais avoir un chien. Comment s'appelle-t-il ?

— Foudre… mais… mais il n'est pas à moi.

Je le garde juste pour une amie, pendant que je suis ici. Bribri a été super gentille d'accepter.

— On parle de moi? demanda une voix sinistre.

Brigitte s'avança dans le vestibule, vêtue d'une longue robe noire, le visage maquillé en blanc, les lèvres rouge sang.

— Je suis la marraine sorcière de Louane, à votre service pour cette soirée. Par ici, s'il vous plaît!

Louane la dévisagea, impressionnée. Elle avait dû être une très bonne actrice

Anaïs et Léa écarquillèrent les yeux d'admiration quand elles virent le buffet. Les mains coupées eurent beaucoup de succès. Quant au gâteau d'anniversaire, c'était une surprise de Brigitte. Il représentait une tête de monstre avec des cheveux en vers de terre acidulés, un nez et une bouche en réglisse et des yeux en chewing-gum.

Brigitte avait aussi confectionné une potion magique avec des boules de glace dans du Coca-Cola.

Louane reçut de magnifiques cadeaux. Anaïs lui offrit *La Revanche des hommes-taupes* en DVD et Léa un splendide carnet avec un classeur assorti et des intercalaires pailletés.

— Votre chambre est prête, jeunes demoiselles,

si vous voulez bien me suivre à l'étage, annonça Brigitte de sa voix lugubre, une fois le dîner terminé.

— J'ai hâte de voir leur tête quand elles découvriront ma chambre, chuchota Louane à Foudre.

Des chauves-souris et des araignées en plastique pendaient du plafond. Le lit était décoré de serpentins rouge et noir et de toiles d'araignée. Et, sur l'appui de la fenêtre, des bougies brûlaient, plantées dans des pots de confiture.

— Je n'ai jamais vu un lit pareil! s'extasia Léa.

Elle s'allongea dessus à plat ventre, les bras et les jambes écartés, comme une étoile de mer.

— Enfilons vite nos pyjamas!

Elles se déshabillèrent et se couchèrent. Même à trois avec un chien, elles arrivaient à peine à remplir la moitié du lit. Foudre se roula en boule sur l'oreiller à côté de Louane.

— Oh, j'aimerais tant avoir un chien comme

le tien! déclara Léa. Je vais demander à mes parents de m'acheter exactement le même.

Louane retint un sourire.

— Ils ne sont pas près de le trouver: il n'y en pas deux comme Foudre!

— Qu'est-ce que tu racontes! Ce n'est pas le seul dalmatien du monde! rétorqua Léa, vexée.

— Tu as trop de chance! s'écria Anaïs. Bribri est géniale et tu peux venir ici autant que tu veux. En plus, tu vas bientôt avoir un adorable petit frère!

— J'aimerais tant avoir un petit frère ou une petite sœur, soupira Léa. Je passerais mon temps à lui faire des câlins et à le promener dans son landau.

Louane n'avait jamais envisagé la question sous cet angle. Peut-être que ses amies avaient raison. Elle les avait toujours trouvées plus gâtées qu'elle mais, pour une fois, c'étaient elles qui semblaient l'envier.

— Au fait, s'écria Léa, changeant brusquement de sujet, ça ne devait pas être une soirée épouvante ? Pour le moment, rien ne m'a effrayée !

Foudre plongea sous les draps et Louane sentit un picotement familier la parcourir. Qu'est-ce qu'il manigançait ?

Un hululement sinistre déchira le silence.

— Hou ! Hou !

Les araignées, les chauves-souris et les fantômes sautèrent des murs et s'agitèrent devant elles avant de regagner leur place en un éclair.

— Waouh ! hurla Léa, émerveillée. Comment t'as fait ça ?

— Oh, ça demande juste quelques effets sonores et... des... des fils invisibles, répondit Louane.

Elle fit un clin d'œil à Foudre qui réapparaissait et vint se blottir contre elle comme si de rien n'était.

— J'ai failli faire pipi de peur! pouffa Anaïs. C'était la soirée la plus fantastique de ma vie!

— Attends de voir la mienne, l'an prochain! rétorqua Léa. Quoi? Qu'est-ce que j'ai dit? protesta-t-elle quand Louane et Anaïs la frappèrent avec leurs oreillers.

Elles décidèrent de ne pas dormir de la nuit. Mais après avoir joué au nouveau jeu de Louane et échangé des blagues pendant une heure, elles finirent par se glisser sous les draps. Anaïs et Léa s'assoupirent les premières.

— Bonne nuit, Foudre, chuchota Louane alors que ses yeux se fermaient tout seuls.

Le chiot soupira d'aise.

— Bonne nuit, Louane, aboya-t-il.

Un bruit, au-dehors, réveilla Louane en sursaut. Elle chercha Foudre à tâtons mais sa main ne rencontra que sa place encore tiède.

Elle se leva sans faire de bruit pour ne pas

réveiller ses amies et sortit de la chambre sur la pointe des pieds. Par la fenêtre du couloir, elle aperçut deux molosses qui rôdaient dans le jardin. À la lueur de la lune, elle distingua leurs yeux très très pâles et leurs crocs très très longs.

Les chiens ensorcelés par Ténèbre ! Elle étouffa un cri. Foudre était en danger ! Le moment qu'elle redoutait tant était arrivé ! Elle sentit son cœur s'affoler. Elle allait devoir se montrer courageuse.

Elle vit soudain une lueur dorée jaillir de la salle de bains, au bout du couloir. Elle s'y précipita.

Foudre était là. Un majestueux louveteau argenté à la collerette scintillante avait remplacé le chiot sans défense. Une louve plus âgée, à l'expression très douce, se tenait près de lui.

— Tes ennemis sont revenus ! s'écria Louane, les larmes aux yeux. Sauve-toi, Foudre !

Foudre la regarda, ses yeux saphir emplis d'affection.

— Tu as été une véritable amie, Louane. Ne change pas, murmura-t-il de sa voix de velours.

— Je... je ne t'oublierai jamais, Foudre !

Un dernier éclair aveuglant illumina la salle de bains. Une nuée de paillettes dorées retombèrent sur le sol en crépitant. Foudre et sa mère s'estompèrent, puis disparurent.

Après un grondement furieux, le jardin redevint silencieux.

Louane, la gorge nouée par le chagrin, était stupéfaite. Tout s'était passé si vite! Malgré sa tristesse, elle était contente d'avoir pu dire au revoir à son ami magique. Les fabuleux moments qu'elle avait passés avec lui resteraient à jamais gravés dans son cœur.

Elle leva les yeux et vit Brigitte s'avancer vers elle.

— Louane? C'est le téléphone qui t'a réveillée? Gilles vient d'appeler. Tu as un superbe petit frère! Il est né voilà quelques minutes. Et il a des yeux d'un bleu stupéfiant.

«Comme Foudre!» songea Louane, émerveillée.

— Quelle heure est-il?

— Minuit moins dix.

Son petit frère était né le jour de son anniversaire! Et elle était une grande sœur, à présent! Elle se sentit soudain heureuse à la pensée de faire bientôt la connaissance de ce bébé minuscule et sans défense. Et elle savait que, de là où il était, Foudre devait sourire de la voir si contente.

les chiots magiques

Demande vite ton cadeau magique !

Stickers*

Cartes postales*

Pour recevoir ces cadeaux, achète 6 livres de la collection *Les chiots magiques* !

Bloc-notes*

Reçois ton cadeau magique : des stickers, des cartes postales et un bloc-notes !

Pour cela, renvoie ce bulletin dûment complété, avec les tickets de caisse
justifiant de l'achat de 6 romans de la collection *Les chiots magiques*,
à l'adresse suivante : «Opération Chiots magiques
Cedex 2775 - 99277 Paris Concours - du 01/03/10 au 31/12/10 ».
Merci de bien entourer les achats sur les tickets de caisse,
et d'écrire très lisiblement.

NOM : _____

PRÉNOM : _____

ADRESSE : _____

_____   _____

CODE POSTAL : _____

VILLE : _____

PAYS : _____   ÂGE : _____

Dans la même collection :

Cet ouvrage a été imprimé en France par

à Saint-Amand-Montrond (Cher)
en mai 2010

Cet ouvrage a été composé par
PCA - 44400 REZÉ

  12, avenue d'Italie
75627 PARIS Cedex 13

— N° d'imp. 101090/1. —
Dépôt légal : mai 2010.